My Dearest Merman

HIJIKI

TOKYOPOP®

INHALT

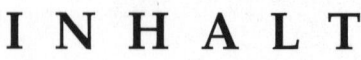

Ihr Zustand verschlechterte sich zusehends und man ging davon aus, dass sie nicht mehr lange leben würde.

Außerdem war die Frau sehr schwach, weshalb sie die meiste Zeit des Tages im Bett verbringen musste.

Es hatte keine Geldsorgen, doch Kinder blieben ihm verwehrt.

Es war einmal ein Ehepaar.

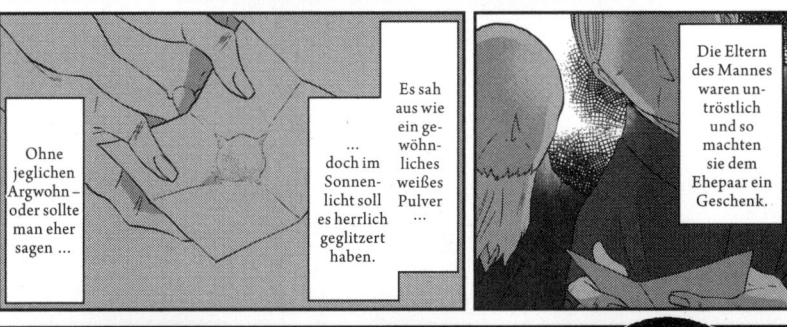

Ohne jeglichen Argwohn – oder sollte man eher sagen ...

... doch im Sonnenlicht soll es herrlich geglitzert haben.

Es sah aus wie ein gewöhnliches weißes Pulver ...

Die Eltern des Mannes waren untröstlich und so machten sie dem Ehepaar ein Geschenk.

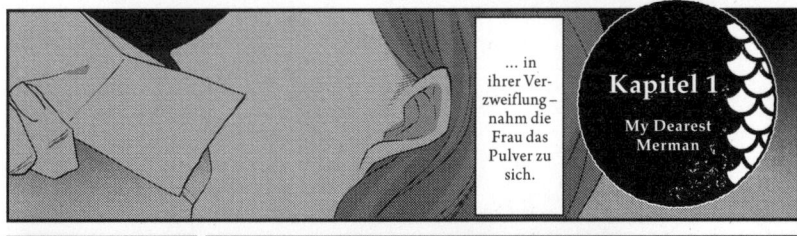

... in ihrer Verzweiflung – nahm die Frau das Pulver zu sich.

Kapitel 1

My Dearest Merman

Erst im Nachhinein offenbarten die Eltern des Mannes ...

... was es mit dem Pulver auf sich hatte ...

Schon kurz darauf war sie genesen und auch der langersehnte Kindersegen stellte sich ein.

Es handelte sich um die zu Pulver gemahlenen Gebeine eines Meermenschen, der in uralten Zeiten in dem Küstendorf, in dem die Eltern lebten, erlegt worden war.

Als die Eltern die Knochen erhielten, glaubten sie vermutlich selbst nicht daran, dass sie echt wären.

Sie beichteten, dass sie einfach nicht hatten mit ansehen können, wie sich der Zustand ihrer Schwiegertochter immer weiter verschlechterte.

Der Meermensch musste sie verflucht haben ...

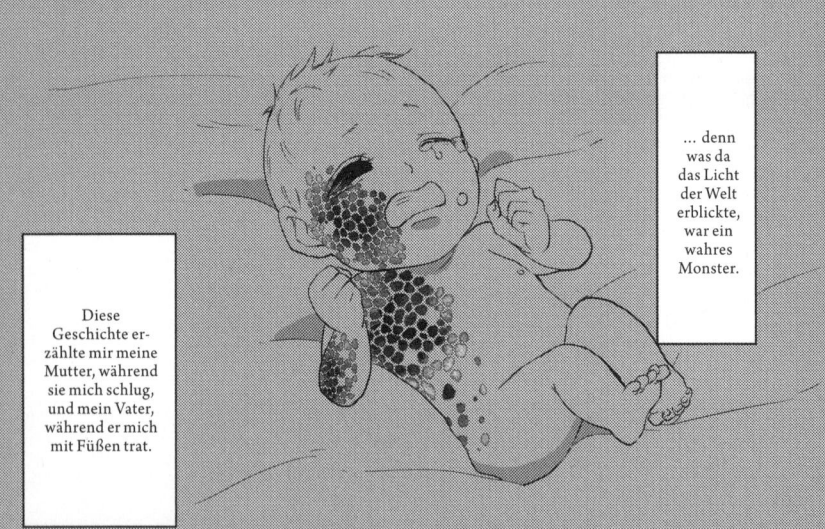

... denn was da das Licht der Welt erblickte, war ein wahres Monster.

Diese Geschichte erzählte mir meine Mutter, während sie mich schlug, und mein Vater, während er mich mit Füßen trat.

Was ist? Wollt ihr zu Hause bleiben?

FWUPP

Dein rechtes Auge wäre bestimmt köstlich.

Nein, wir kommen mit! Warte!

Warum überfällst du ihn dann nicht einfach im Schlaf, Kuro?

Manchmal gibst du wirklich schaurige Dinge von dir.

Die Ursache für die Geräusche, die Sie Nacht für Nacht von der Zimmerdecke hören, ist tatsächlich ...

KLIMPER

Wie sieht es aus, ehrenwertes Medium?

... ein Ayaka-shi!

Ein Ayaka-shi?!

Keine Bange. Das ist nur ein rangniederer Ayakashi. Ich, Mikagi, werde ihn im Handumdrehen vertreiben.

So was existiert wirklich?!

Ja. Sie können ihn vielleicht nicht sehen, aber ich schon.

Allerdings hatten Sie Glück. Ein wenig später und der Ayakashi hätte Ihre Gehirne gefressen.

QUALM

Ugh ...

QUALM

FWUUUH

Aber Ihre werte Frau und Ihre liebreizende Tochter sind nun wieder sicher. Also ist das Geld gut angelegt, nicht wahr?

Da Sie ihn nicht sehen können, ist es für Sie wohl schwer zu glauben, dass ich das Problem beseitigt habe.

Ach, Verzeihung. Der Ayakashi ist heruntergefallen.

Wie? Was ist denn passiert?

Das hätten wir. Wenn ich dann um die Bezahlung bitten dürfte.

FLOMP

Ja, ich weiß.

Vielen Dank.

Hier.

Und bitte ...

KLIMPER

... weil von der Decke Geräusche zu hören sind. So eine Memme.

Was sagt man dazu? Macht sich fast ins Hemd ...

Schwimmt im Geld, aber ist so geizig, nur ein Medium niederen Ranges wie mich zu rufen, und bittet dann auch noch um Verschwiegenheit.

Quiek

Quiek

Diese Adligen sind ganz schön anstrengend.

ポン
WUPP

ポン
WUPP

Oh, aufgewacht? Nichts für ungut.

Quiek

Quiek

Nimm's mir nicht übel, ja? Würdest du mir 'nen Gefallen tun, und noch mal in das Haus zurückkehren?

Du süßer Fratz stellst ja ohnehin nichts an. Hängst nur an der Decke und frisst Staub.

Das billige Kraut macht also höchstens für ein paar Minuten bewusstlos.

LÄRM ザワ

LÄRM ザワ

LÄRM ザワ

Kommt und staunt!

Die Zunge dieser Frau reicht bis in den Himmel!

Sie da, junger Herr! Wollen Sie nicht mal einen Blick riskieren?

... tu ich einfach mit ernster Miene wieder so, als würde ich dich austreiben.

Wenn mir das Geld ausgeht ...

SCHWEB

*höfliche, geschlechtsneutrale Anred

Ihr jüngster Exorzismus war ein Spektakel! Alle Gegenstände im Haus tanzten durch die Luft!

Dank Ihnen wurde mir ein gesunder Enkel geschenkt.

Shoichi-san*! Nochmals vielen Dank, dass Sie neulich den Ayakashi ausgetrieben haben.

Kyaah! ♥

GRMPF

Hallo, Shoichi-dono*! Was ist mit deiner Frisur passiert? Bist du in einen Sturm geraten?

Du hast ja keine Ahnung.

Shoichi-sama**!

KREISCH

Hallo, Mikagi.

LÄRM

LÄRM

ehrerbietige Anrede für höhergestellte Persönlichkeiten

Hast du wieder mal voller Übertreibung so getan, als würdest du einen rangniederen Ayakashi austreiben?

KREISCH

Heute müsst Ihr uns aber Gesellschaft leisten.

Tut mir leid, Azuma. Ich bin wie immer sehr beschäftigt.

*sehr höfliche, geschlechtsneutrale Anrede

Alles, nur kein Teilen mit anderen Kunden, bitte! Ich will mich nicht in einem großen Saal vor zahlreichen Männern und Frauen entblößen.

Du kannst dir doch höchstens eine schnelle Nummer leisten oder musst dir eine Dirne mit anderen teilen.

Azuma! Dann verbring die Nacht mit mir.

Die Nacht?

HMPF

LÄCHEL

Du hast dich noch nie vollständig entkleidet. Wahrscheinlich ist dein Körper abstoßend.

Du hast ja ein hübsches Gesicht, aber dein Charakter ...

Ich genier mich bloß.

Tsk!

Ich hab aber keinen Bock darauf, mir mein Geld mit schweißtreibender, ernsthafter Arbeit zu verdienen.

Du wirst ohnehin nie so ein bedeutendes Medium wie Shoichisama werden.

Geh einer seriösen Arbeit nach, wenn du kein Geld hast.

Ist gut, Shoichisama.

Spar dir deine blöden Kommentare! Ich hab ein beachtliches Prachtstück!

Azuma.

Wahrscheinlich ist er impotent. Zieh ihn nicht auf.

FLAPP

Wenn es doch nur jemanden gäbe, der von einem passenden Ayakashi besessen wäre ...

Hm ...?

Und selbst die treibst du nicht anständig aus.

Du bist ganz schön streng, Azuma.

Das Problem ist ...

... dass die Stadt heutzutage auch nachts hell erleuchtet ist und es im Vergleich zu meiner Kindheit immer weniger Ayakashi gibt.

Im Gegensatz zu Shoichisama kannst du doch eh nur kleine und schwache Ayakashi sehen, oder?

ZERR

Du da!

Du bist von rangniederen Ayaka-shi-Fischen besessen!

Ich treibe sie für dich aus!

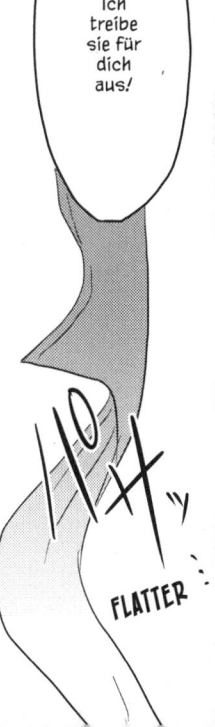

FLATTER

Was für eine niedliche Reaktion.

Na so was.

Der erste Eindruck täuscht.

SCHWUPP

Ah
...

Ah
...

Sag schon!

DOSCH

DOSCH

W... Was soll das?!

Au!

Willst du, dass ich deinen Augapfel fresse?! Na?!

Finger weg von Umi!

Und wer ist hier ein rangniederer Ayakashi-Fisch?!

DODOMM

Er kann sie sehen und lebt mit ihnen?

Was zum ...? Kuro und Nishiki?

Sind das die Namen der Ayakashi-Fische?

TSCHACK

Gehen wir noch mal zurück und verpassen ihm eine Abreibung! Was fällt dem ein, mich einen rangniederen Ayakashi zu nennen?!

Hah ... Hah ...

KEIF

So was darf man nicht tun! Begnügen wir uns mit seinem Gehirn.

KEIF

Fressen wir seine Augäpfel!

Umi! Geht's dir gut?

Du bist definitiv brutaler als ich.

ZUUUSCH

Pah!

Er ist bestimmt kein so schlechter Mensch, wie er auf den ersten Blick wirkt.

Vielleicht wird er ja dein erster menschlicher Freund.

GLITZER

Ist es nicht schön, dass er deine Stechmalerei gelobt hat? Sogar dein Auge fand er hübsch.

Ich hab mich darüber gefreut, dass du ein Kompliment bekommen hast, Umi.

GLITZER

Ich mach mir nichts ...

Gehen wir zurück?

Jetzt hab ich vergessen einzukaufen und mein Tuch hab ich auch liegen gelassen ...

Ich hab doch gar nichts gesagt!

DONK

Du Trottel! Menschen verdienen dein Vertrauen nicht!

Öffne ihnen nicht leichtfertig dein Herz!

eute icht ehr.

Hallo!
Du hast gestern dein Tuch vergessen.
Ich dachte schon, dass du es holen kommst.
Da ist er wieder. Also schön.
Welches Auge soll ich fressen?
Freunde dich mit ihm an. Er ist bestimmt ein guter Mensch.
SST
Danke. Ich geh dann ...
Nicht so schnell! Bleib noch!
TAPP
TAPP

Lass es mich wiedergut machen.

Dabei kannst du mir auch gleich erzählen, wie man Ayakashi zähmt.

Sag mal ... Findest du mich denn gar nicht unheimlich?

?

Sollte ich?

Dann lass uns gehen!

Wohin?!

SCHIEB

Nein ...

Hab ich dich damit vielleicht gekränkt?

Ja!

Ah!

Aah!

Aah!

Ah!

Mh!

Blöde Frage! Natürlich ins Freudenhaus!

Der Kerl nervt!

Was ist das für ein Ort?

Mach dir keinen Kopf! Ich sag doch, das ist eine Wiedergutmachung.

Allerdings kann ich dir keine teure Dirne ausgeben.

ZUUUSCH

Aah!

Ah!

Das ist sicher gut gemeint ...

... aber ich geh wieder. Tut mir leid.

Azuma! Bist du da?

Ich hab dir einen Kunden mitgebracht!

Aber ... ich hab noch nie mit einer Frau ...

Niemand wird sich vor dir fürchten, Umi.

Außerdem sind wir hier im Freudenviertel.

Dirnen und natürlich auch Kunden mit Stechmalereien sind hier völlig normal.

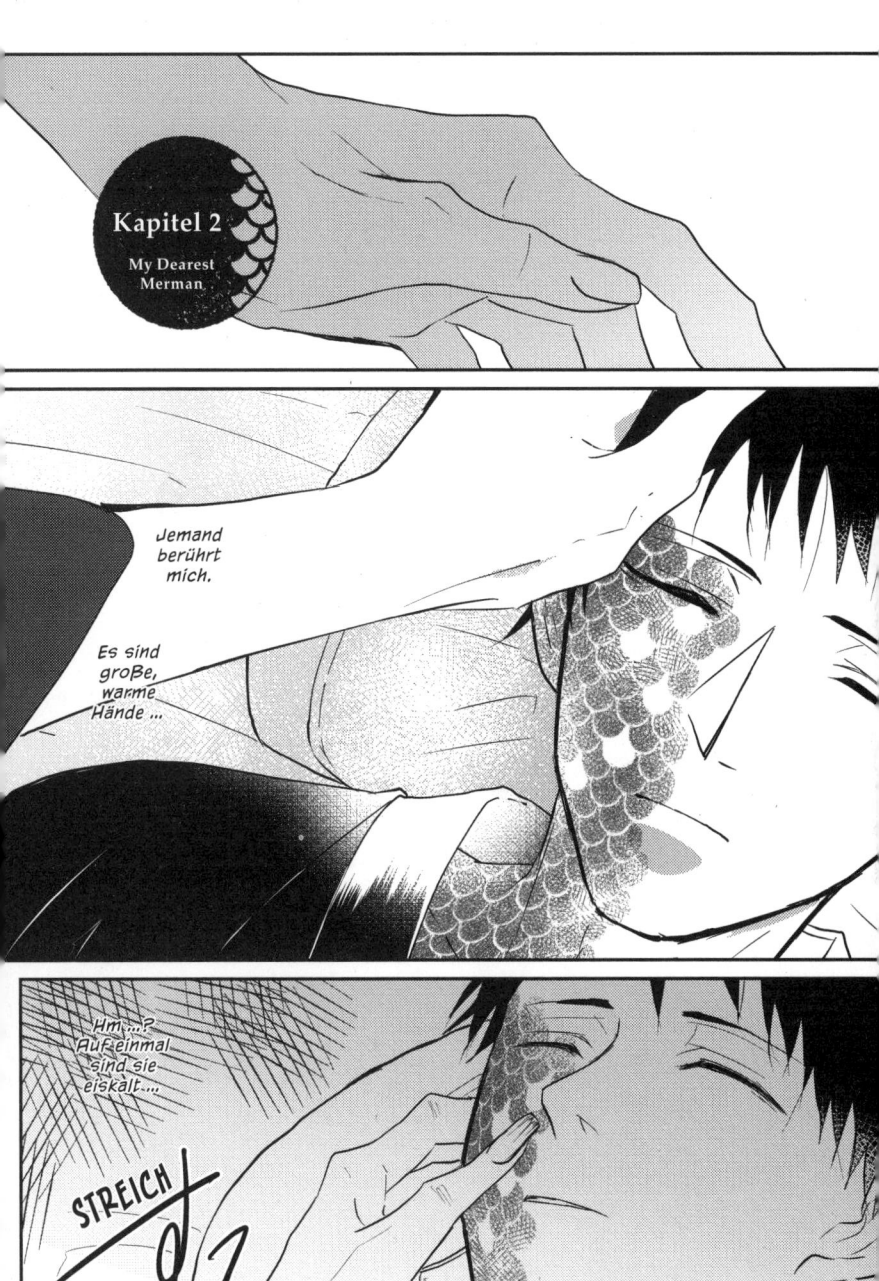

Kapitel 2

My Dearest
Merman

Jemand
berührt
mich.

Es sind
große,
warme
Hände ...

Um ...?
Auf einmal
sind sie
eiskalt ....

STREICH

Mag ja sein ...

Die Anzahlung haben wir bereits ausgegeben, also können wir ihn nicht zurückgeben.

Wir haben ihn auch nur aufgenommen, weil uns eine große Summe geboten wurde.

Ich weiß was! Verkaufen wir den Bengel weiter.

Trottel! Wer würde dafür schon Geld bezahlen?

Es hilft ja nichts. Wir haben das Geld schon angenommen.

Ich hatte zwar davo gehört, ab dieses Kir ist wirkli hässlic

Da bekommt man ja Angst, selbst verflucht zu werden.

Das heißt, dass sie niemanden gefunden haben, der für ihn bezahlt hätte.

Lasst ihr mich mitspielen?

He, ihr ...

Ha ha ha ha!

Wir spielen mit dir, wenn dein Auge geheilt und die Male auf deiner Haut verschwunden sind.

Träum weiter!

FLITZ

Wer will schon so 'ne Gruselfresse mitspielen lassen?!

Bleib weg, du Monster!

Buwäääh!

Uh,

SCHNIEF

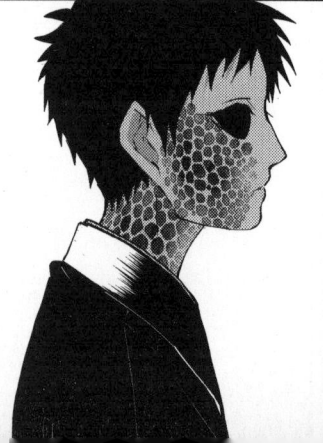

Bist du dieses Monster, von dem man sich erzählt?

He!

SCHAAAAAA

Was denn ...?

Du bist ja bloß ein Kind.

Ich heiße Naosuke.

Komm mit zu mir. Ich mach dir eine Tasse Tee.

Bist ja ganz dreckig ...

Oh Mann! Du hast dich mit Farbe vollgeschmiert?

Weinst du?

ZUCK

TROPF

Was? Ach, die Stechmalerei?

Wie schön ...

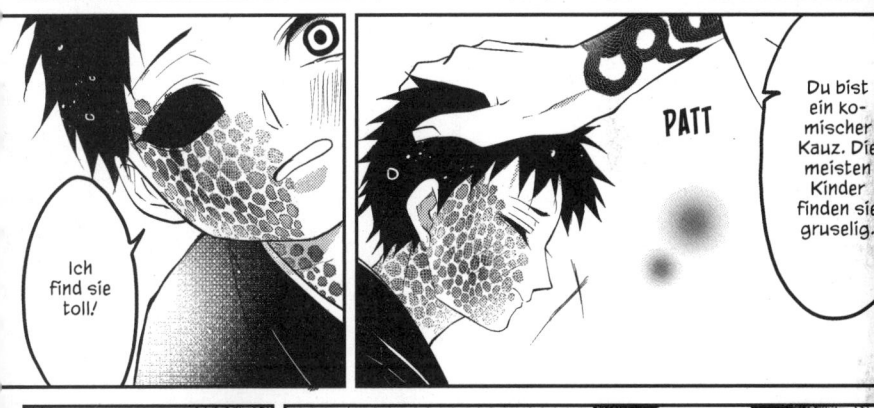

Ich find sie toll!

PATT

Du bist ein komischer Kauz. Die meisten Kinder finden sie gruselig.

Wenn ...

Dass ich mal von 'nem Kind Komplimente bekommen würde ... Eigenartiges Gefühl ...

...

Wenn meine Male nur auch so hübsch wären ...

Es wird wehtun. Einige Monate ... vielleicht sogar Jahre. Hältst du das aus?

NICK

Hm ...

Soll ich dir eine stechen?

Na dann.

NICK

Oh? Haben seine Vorfahren etwas angestellt und wurden verflucht?

Oder hat es gar selbst das Fleisch eines Meermenschen gegessen? Sein rechtes Auge ist bestimmt eine Delikatesse.

FLAPP

Dieses Kind hat die Male eines Meermenschen. Und sein rechtes Auge ist auch das eines Meermenschen.

Das Kind weint ja. Geht es ihm nicht gut?

Nanu?

HICKS

Meermensch? Fluch?

SCHRECK

Kann es uns etwa sehen?!

Ist ja toll!

Halluziniert er?

?

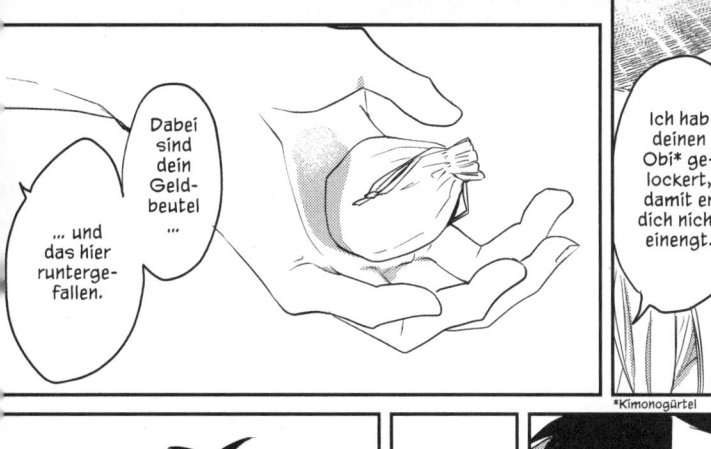

Dabei sind dein Geldbeutel ...

... und das hier runtergefallen.

Ich hab deinen Obi* gelockert, damit er dich nicht einengt.

*Kimonogürtel

KLAMMER

SCHNAPP

Mein Ziehvater hat mir das geschenkt.

Ist das ein wertvolles Erinnerungsstück an deine Eltern oder so?

Er war ungeschickt im Umgang mit anderen ...

... aber er hatte Talent.

Sein Name war Naosuke.

Er hat Umis schöne Stechmalerei angefertigt.

Umis Hautmale sahen ein klitzekleines bisschen unheimlich aus.

Naosuke hat sie stlos verschwinden lassen.

Pah!

Ach?

Ich war noch ein Kind, aber er hat mir seine Techniken beigebracht.

Er ist vor fünf Jahren an einer Krankheit verstorben.

Die Steine hatte er von einem Ausländer, der von seiner Kunst beeindruckt war.

Es sind ohl seltene ineralien, für e man einen ohen Preis ommt, aber will sie nicht ergeben ...

FUNKEL

Er sagte, wenn ich Geld brauche, soll ich die hier verkaufen. Er wollte, dass ich lebe.

Hast du ...

... eigentlich noch nie einen Groll gegen jemanden gehegt?

... aber falls mich Kinder sehen, will ich sie nicht erschrecken.

SST

Ist besser so.

Ich geh zwar nur noch nachts nach raus ...

Ohne das Tuch zeigst du dich nicht, was?

Das Leben, das mir Naosuke geschenkt hat, will ich nicht auf solche unbedeutenden Dinge verschwenden.

Klar hab ich das. Aber das war, bevor ich diese Stechmalerei bekommen hab.

Graaaaah!

SWUSCH

SCHWUPP

Ihr macht mir Angst! Was ist auf einmal in euch gefahren?

FWUPP

Wir können auch den Körper durchdringen.

Die Fisc sind dein re

Tut doch nicht weh, oder?

Das nicht, aber trotzdem!

Du hast Umi in Verlegenheit gebracht!

Oder aus dem Mund kommen.

LINS

ちゅん

Was?! Wieso ist deine Stimme so tief?

SCHAUDE

WHACK

Nicht so laut!

Waaaaah!

... fresse ich dein Gehirn!

Falls du Umi noch mal in die Bredouille bringst ...

FLAPP らん

Verzeihung, Azuma-san.

Ja ... !

Meine Güte!

Ich hab vergessen, was für einem Furcht einflößenden Beruf ich nachgehe ...

Was zeterst du hier so rum, ganz allein? Du störst die anderen Kunden! Zieh Leine!

Du hast den Jungen ohnehin gegen seinen Willen hergeschleift, stimmt's?

Mikagi wird dafür bezahlen.

Ugh ...

Ha ha ha ha! Ich brauch dein Geld nicht.

Ich zahle Ihnen eine Entschädigung. Es ist zwar nicht viel ...

STARR

Schon gut. Geht's dir wieder besser?

Ich entschuldige mich für den Ärger vorhin.

GLITZER

GLITZER

Süßigkeiten ...

GLITZER

Er lenkt ab ...

Ach ja! Umi!

Magst du Süßes? Es gibt einen Süßwarenladen, der um diese Zeit noch geöffnet hat.

...

Ich weiß ja, dass die Vorliebe fürs gleiche Geschlecht in früheren Zeiten nicht als verwerflich galt ...

Du kannst das gar nicht essen.

Sü-ßes! Süßes!

Ja? Umi, geh schon mal vor.

Mikagi.

FLÜSTER

... aber heutzutage sieht die Gesellschaft das sehr kritisch. Sei diskret!

WINK WINK

ZUSCH

Lass es behutsam angehen, ja?

Außerdem ist er fünf Jahre jünger als du.

Wie bitte?!

Hmpf!

Siehst du hier noch jemanden?

Eine Vorliebe für Männer? Ich?

it süßem Bohnenmus gefüllte Brötchen

Was ist das?

Ah ...

Das nennt ch Anpan*. ass uns den uft noch ein venig genießen.

DRÄNG

DRÄNG

DRÄNG

Verdammte Azuma ... Warum muss sie so komisches Zeug reden?

My Dearest Merman

LÄRM

LÄRM

DRÄNG

STARR

DRÄNG

Kapitel 3

My Dearest Merman

Für dich mögen sie vielleicht schön aussehen, aber sieht er das genauso?

Umi ...

Wie wär's, wenn du erst nachdenkst, bevor du redest, Shoichi-dono?

Ver-stehe.

LÄCHEL

RAUN

RAUN

Tut mir leid, aber wir gehen jetzt zu ihm nach Hause.

Bitte entschuldige uns.

Dann bis bald, Mikagi.

SCHWUPP

Magst du Süßigkeiten? Zur Wiedergutmachung lade ich dich zu mir ein. Komm demnächst vorbei, dann darfst du dich an Süßigkeiten sattessen.

Bitte verzeih mir meine Unhöflichkeit, Umi-kun*.

*Anrede für Jungen und jüngere Männer

Mikagi ...?

Du bist sehr streng, Kuro ...

Er schien mir deutlich kompetenter zu sein als du.

Der Kerl ist so was wie mein Geschäftsrivale.

DRÄNG

Tut mir leid. Das war dir bestimmt unangenehm.

DRÄNG

PATT

PATT

Mach dir keine Ge-danken.

Na ja, d. wirst ihn siche. nich wiede sehen

Endlich zu Hause!

Wehe, du stibitzt was!

Das ist unser Zu-hause.

Hier gibt's ohnehin nichts zu holen ...

SST

Hast du einen be-stimmten Wunsch für deine Stechma-lerei?

Allerdings wäre ein großes Motiv auf dem Rücken schöner als ein kleines auf dem Arm.

Ich bin noch lange nicht so gut wie Naosuke, aber ich kann auch Karpfen und andere Fische stechen.

Mal überlegen ... Drachen zum Beispiel ...

Was kannst du besonders gut?

Nicht wirklich.

KLACK

Du hast recht ...

Wenn ich mir schon was stechen lasse, dann am besten gleich ein großes Motiv.

Du hast mir ja auch Süßigkeiten ausgegeben.

Richtig. Und weil du es bist, bekommst du einen Rabatt.

SST

SCHRECK

...?!

Willst du direkt anfangen?

Wurde dir das ... mit dem Schwert in die Haut geritzt ...?

Kagematsukata

Ist das Werk meiner Mutter.

Das ist der Name meines Vaters.

Ha ha ha! Kann sich sehen lassen, was?

Ich will nicht!

Dein Vater wird wieder zum Leben erwachen! Von heute an wirst du dein Vater sein!

Mut-ter!

Mikagi, es wird alles gut!

Lass das, Mut-ter!

Aber keine Sorge. Gleich! Gleich kommt er zu uns zurück!

Hör auf

Letztlich verfiel sie dem Wahnsinn und folgte meinem Vater in den Tod.

Doch so stark ihre spirituellen Kräfte auch waren, so was ist unmöglich.

Sie wollt mich als Gefäß verwende, um meinen Vate ins Leben zurückzu rufen.

Normalerweise merke ich sie überhaupt nicht, aber manchmal scheint sie schrecklich zu schmerzen ...

Ich würde sie zu gern auslöschen.

Deine Stechmalerei sollte dich ermahnen zu leben.

Meine Narbe war dafür gedacht, mich zu töten.

STREICH

... und dann wünsche ich mir nur noch zu sterben.

Ich hab dir das nicht erzählt, um dein Mitgefühl zu erregen.

Ich dachte, du würdest mich bestimmt nicht auslachen.

Warum hast du sie mir gezeigt?

ZUCK

Umi?

Ich werde nicht deinen Arm stechen, sondern deinen Rücken.

Überlass das mir.

Ich stech dir ein Motiv ...

KRMPF

... mit dem du angeben wollen wirst und das dich wünschen lässt ...

... weiterzuleben ...

Du bist wirklich lieb.

WATSCH

ZUUUSCH

ZUSCH

Hah ...
Hah ...

Tut mir leid!
Ich war noch im
Halbschlaf! Ist
schon Morgen?
Gut, dann geh
ich mal. Ich
muss ja das
Geld für die
Stechmalerei
verdienen.

WAPP

Ha ha ha ...

Du hast gestern gesagt, dass du kein Zuhause hast.

Hm?

Mhm ...

Dann wohn doch hier bei uns. Ist dir doch recht, oder, Umi?

ZZZ

Ach, danke, aber ich will euch nicht so viele Umstände bereiten. Ich komm wieder, wenn ich etwas Geld verdient hab.

Das hab ich komplett vergessen. Wie konnte ich nur so viel quasseln, als ich blau war?

Daran erinnere ich mich nicht ...

Und ...

Ach so ...

... aber falls ich mich doch an Umi vergreifen sollte ...

... wenn ich wieder mal betrunken bin, könnte ich in Eifer des Gefechts ... Also, ich glaub ja eigentlich nicht, dass das passieren würde ...

SCHLUCK

DRÖPP

Dann ... komm möglichst bald ... wie- der ...

MURMEL

... Abend ...

FLAPP

FLAPP

WEDEL

WEDEL

FLAPP

FLAPP

...ach ...ht so ...nen ...ärm, ...ishi-ki!

Juhu! Dann wird es hier wieder lebhaft! Ich freu mich schon!

Am Abend, wenn ich mit der Arbeit fertig bin ... komme ich.

Dann müssen wir heute wieder für zwei Personen kochen.

TOCK

Das ist nur unnötig teuer.

Stimmt ...

KLAC

KLACK

GLITZER

Und Mikagi mag Umi ebenfalls. Ich freu mich so!

Ja! Wenn du ihn magst, Umi, mag ich Mikagi auch.

Du scheinst dich wirklich z freuen, Nishiki Hast du Mikag schon so ins Herz geschlos sen?

GLITZER

Ich hätte dir schon gestern davon erzählen sollen ...

Das ist genau der richtige Ort für einen Ayakashi wie diesen.

QUALM
QUALM

Seit einer Weile hört man immer wieder Geräusche aus der Abstellkammer. Wir sind ratlos.

FWUUUH

War ich nicht?! Ich mein, wir haben zwar im selben Bett geschlafen, aber ...

Apropos. Warst du mit dem Jungen von gestern schon im Bett?

Dann ist es ja nur noch eine Frage der Zeit.

BADUMM

Für die wärst du doch gar nicht stark genug.

Sieh zu, dass du keinen Ayakashi übersiehst!

Dann lockt halt nicht so mächtige an!

TSCHACK

Was musst du auch so 'ne komische Bemerkung machen, Azuma?!

Du reagierst wie 'ne Jungfrau.

!!

Ich geb Mikagi ganz schnell die Gebetskette und verdufte wieder.

TAPP TAPP

Ah! Mh!

Ja!

Aah!

Ich fühl mich hier echt nicht wohl ...

TAPP

TAPP

Ah!

Aah!

Ich frag mich, warum Azuma-san so breit gegrinst hat.

Nanu? Junge! Ist das nicht Mikagis Gebetskette?

Er ist in der Abstellkammer.

SCHRRT

Umi?! Was machst du hier?!

Hier muss es sein.

Mikagi, bist du hier?

WUPP

Hm?

ZING

Bleib drauβen! Komm nicht rein!

PFT
Keine Angst, Umi. Du wirst nicht sterben.
Dieser Ayakashi steigert nur die Fleischeslust.
Hah ...
ZUCK
ZUCK
Hah ...
Hah ...
Mir ist heiß ... Ich fühl mich komisch ...
Umi ...
Beruhige dich. Es ist bald vorbei.
Mi-kagi ...
Umi ...
Mika-gi ...
Ich hab Angst! Mikagi ...!
KLAMMER
Hilf mir ...

KÜSS ♥

Trotzdem umspielt er fieberhaft meine Zunge.

Für ihn ist es bestimmt das erste Mal.

Ist er wegen des Gifts des Ayakashis so forsch, oder ...?

STREICH

Wenn du aufhören willst, sag es jetzt.

Umi.

ガああっ

ZUUUSCH

Du bist so schön.

SCHMATZ

Mi-ka...

KUSS

Mh!

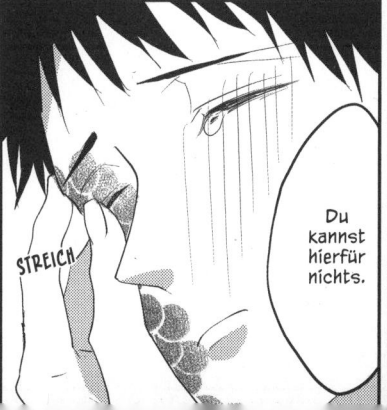

STREICH

Du kannst hierfür nichts.

Umi, ich schlafe aus freien Stücken mit dir.

STARR

Ich hab ihn nicht gezwungen. Es war einvernehmlich.

Ähm ... Wie gesagt ...

Hah ... Hah ...

DÖS

Das ist ein Missverständnis! Der Ayakashi, von dem ich dir vorhin erzählt hab, hat ihn gestochen. Das hat seine Fleischeslust gesteigert und dieses Fieber hervorgerufen.

Wer penetriert seinen Partner denn so lange, bis er fix und fertig ist?!

STARR

Ich hoffe für dich, dass das nicht nur ein Vorwand war, um mit dem Jungen zu schlafen!

Wie bitte? Wovon redest du? Lenk jetzt nicht vom Thema ab!

Was macht ihr überhaupt hier, Kuro und Nishiki?

So was würde ich niemals wagen! Ich hab mit ihm geschlafen, weil ich ihn mag!

Das ändert nichts daran, dass du es als Vorwand genutzt hast! Du rückgratloser Tunichtgut!

WHACK

DUCK

...

Ugh ...!

Sieh zu, dass du den Jungen sicher nach Hause bringst! Und danach suchst du den entwischten Ayakashi!

Mikagi, hast du Umi gern?

Hmpf!

Und was macht ihr hier?

Ugh ...

Kuro ist noch überfürsorglicher als ich.

Er ist immer noch ein Knirps von gerade mal neunzehn! Wie könnten wir ihn da allein draußen rumlaufen lassen?!

Wir haben das ganze Viertel nach Umi durchkämmt!

Wenn du ihn noch mal entkommen lässt, kannst du was erleben!

SCHNAUB SCHNAUB
SCHNAUB

Freu dich nicht so! Ich akzeptiere das nicht!

Ja ...

Tut mir leid. Du kannst nicht laufen, oder?

Erhol dich noch etwas, dann trag ich dich nach Hause.

Mikagi ...

Ent-schuldi-ge, Umi.

... aber ich hätte das mit niemand anders machen wollen.

RASCHEL

Mein Körper glüht und ich kann mich kaum erinnern ...

Mikagi.

Bleib schön liegen, ja? Ist dir übel?

Ich liebe dich, Umi.

POFF
POFF
POFF

Wenn du dich ausruhst, geht das Fieber schnell weg, hörst du?

Andererseits, vielleicht sollte ich heute lieber hierblei...

Schlaf dich aus. Ich kauf dir heute Abend was Nahrhaftes, ja?

Und wo willst du hin?!

Ich geh Blumen pflücken. Zur Feier der Erfüllung ihrer Liebe.

TAPP TAPP TAPP

BRÜLL

Schluss damit! Geh arbeiten!

Ist ja gut! Tut mir leid!

My Dearest Merman

LÄRM

LÄRM

DON

SWUSCH

Kapitel 5

My Dearest
Merman

Wie ich
zuvor schon
mal erwähn-
te, ist dieser
Rauch für
euch Ayaka-
shi giftig.

FWUUUUH

LÄRM

LÄRM

Jetzt kannst du nicht mehr schweben oder durch Dinge gleiten.

Das gilt auch für dich, Umi-kun. Das ist gesünder für dich.

Wobei du ...

Ugh ...

Mach keine Faxen, ja?

Möglicherweise ist er gerade unterwegs. Du bleibst hier, bis du ihn gefangen hast.

Verstanden.

Du kannst diesen Ayakashi-Goldfisch sehen, richtig?

Ja.

Hier muss auch noch ein Karpfen sein.

... mit dem Fieber eh nicht imstande bist, dich zu wehren.

RASCHEL

PRESS

ＴＴ

○○
WUSEL

Sag mal ...

ＩＩ⁰ Ａ

Ａ
TAPP

ＩＩ⁰ Ａ TAPP

ＩＩ⁰ Ａ TAPP

He he ...

Nicht doch.

Was dage- gen?

KLIMPER

ＩＩ ＩＩ

Es ist offensichtlich, dass du deiner Arbeit gewissen- hafter nachgehst als sonst. Willst du so schnell nach Hause?

Wer hätte gedacht, dass jemand wie du, der nur in den Tag hinein lebt, mal einen Ort findet, den er sein Zuhause nennen kann.

Er hat meine Narben gesehen und mich nicht ausgelacht.

Im Gegenteil. Er will aus meiner Schwäche eine Stärke machen.

Ja ... Ich will schnell zu ihm ...

SCHWÄRM

Ich möchte schnell sein hübsches Lächeln betrachten ...

Nein, das meinte ich nicht. Hat da nicht gerade jemand gerufen?

Wenn du ihm zu sehr hinterhergierst ...

Hast du was gesagt ...?

Ich hab's dir ja schon mal gesagt: Eine Vorliebe fürs gleiche Geschlecht ist heutzutage nicht gern gesehen, also solltest du vorsichtig sein.

Wenn du ihm zu auffällig hinterhergierst ...

Ich hab dieses Zimmer gerade geläutert. Das tut dir nicht gut!

Da ist nichts in deinen Händen.

Warum führst du Selbstgespräche?

Mikagi!

Nishiki?!

FWUPP

Bist du allein? Was ist denn passiert?

Umi ...

Kuro! Kuro! Halt durch!

Das wärst du auch, wenn nur diese Stechmalerei nicht wäre.

Findest du dieses Lebewesen nicht auch wunderschön?

STREICH

Deshalb habe ich auf den Ayakashi-Stich an deinem Hals auch n Medikament aufetragen. Es ist ein chwertiges Mittel, du solltest dich nzwischen besser fühlen.

Na, na! Das ist gefährlich! Ich muss dich doch in einwandfreiem Zustand übergeben.

ZUCK

?!

... wie sich Shoichi das Lachen verkniff, weil er die Gerüchte so belustigend fand.

Damals sah ich zufällig ...

Ich hatte Angst, aber ich durfte mich ihm gegenüber nicht anders verhalten, sonst wäre ich womöglich die Nächste gewesen, die ermordet wird.

Da war ich mir sicher, dass der Täter entweder Shoichi persönlich oder einer seiner Anhänger sein musste.

Wie schade.

Verstehe.

Als er Umi sah, hat er gelacht ...

Einmal ...

Ist dir nie was an ihm aufgefallen?

Ist der kleine Karpfen noch hier?

Ja.

Buhu...

Ugh...

Umi und der andere Ayakashi bedeuten ihm sicher viel.

Verstehe ... Ich hätte dir wohl früher davon erzählen sollen. Entschuldige.

Das muss hart für ihn sein. Er weint doch nicht etwa?

Nishiki, alles wird gut. Wir holen die beiden zurück.

Buhu...

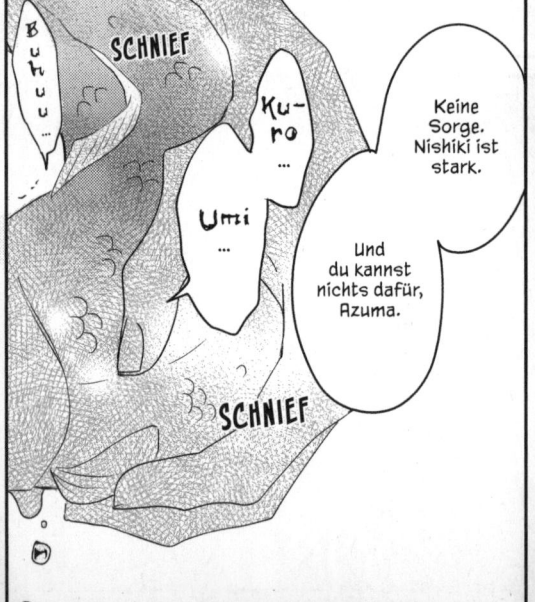

Buhuu...

SCHNIEF

Kuro...

Umi...

Keine Sorge. Nishiki ist stark.

Und du kannst nichts dafür, Azuma.

SCHNIEF

Azuma, vergiss alles, was du hierüber weißt. Falls dich später jemand dazu befragt, stell dich unwissend und streite alles ab.

KRIEE

Ich darf keine Zeit verlieren!

Warte, Mikagi! Du willst doch nicht etwa allein ...?

Außerdem weißt du doch gar nicht, wo Shoichi wohnt, oder?

SCHRRT

Nishiki, Shoichi hat doch bestimmt einen seiner Handlanger vorm Haus postiert, stimmt's?

Vor unserem Zuhause ...

Ich bringe ihn dazu, mir den Weg zu zeigen!

PACK

DOMP

Argh

Ugh!

ZERR

Au!

... Shoichi also gesprochen. Der mit dem Fluch eines Meermenschen.

Von dir hat ...

Sieh an!

Der ist schmäch-tiger, als ich dach-te.

Die Markierung eines Verbrechers ...

SCHWUPP

Bitte verzeiht die Wartezeit, Heikichi-dono. Hier ist das unsterbliche Wesen, nach dem Ihr verlangt habt.

Umi, begrüß die Herrschaften. Sie sind ab heute deine Familie.

He he ...

Sie besitzen keinerlei Kräfte.

Sie wurden verkauft oder entführt und landeten schließlich hier.

He he ...

Doch du bist anders. Du hast die Macht, Ayakashi untertan zu machen.

He he ...

Bis auf Heikichi-dono sind alle wie du. Männer mit grotesken Körpern.

Aber selbst wenn das nicht auf dich zutrifft, hast du immer noch dein Aussehen. Die Leute werden in Scharen kommen, um dich in Heikichi-donos Kuriositätenkabinett zu bewundern!

Dass man durch ihr Fleisch und Blut Unsterblichkeit erlangt.

Du kennst die Legenden über die Meermenschen, nicht wahr?

DOSCH

DOMP

Heikichi-dono, Ihr werdet die Restsumme bezahlen, auch wenn er Euch nicht zusagt.

Ich hab ein Vermögen springen lassen, als du von einem Meermann sprachst!

Stimmt was nicht?

PACK

Khg

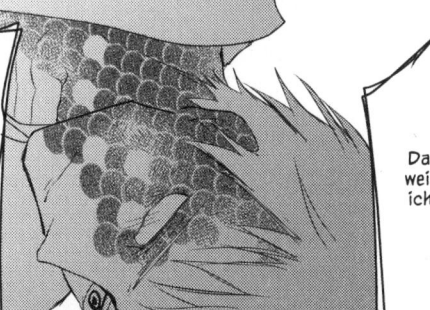

Aber von so einem Hänfling war nicht die Rede! Dieses Ding ist dreckig! Einfach nur hässlich!

Das weiß ich!

So lautete die Bedingung, damit ich Euch Umi-kun überlasse.

Und alles Fleisch und Blut, das Ihr Umi-ku... entnehmt, werdet Ihr mit mir teilen.

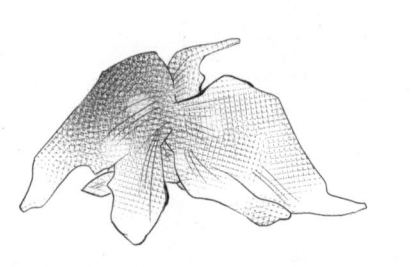

Kuro! Beweg dich nicht!

KRIECH

KRIECH

KRIECH

KRIECH

Umi war nie schmutzig!

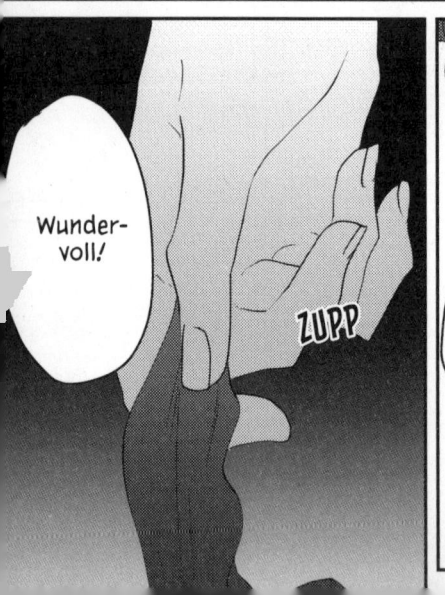

Wundervoll!

ZUPP

... verpiss dich, du Scheißmensch!

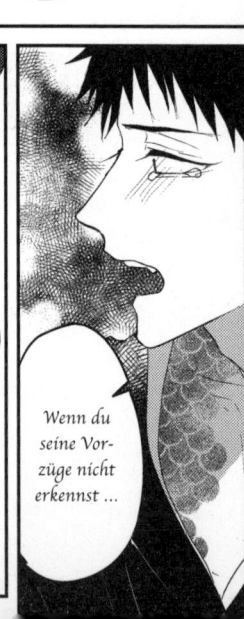

Wenn du seine Vorzüge nicht erkennst ...

Wie ich es mir dachte Wundervoll Ayakashi sind entzückend!
Komm schon, Umi-kun. Verrat mir, wie man sich Ayakashi untertan macht.
SCHWUPP
Wenn ich als Medium Ayakashi kontrollieren und sie dann für mich andere Ayakashi austreiben lassen würde, könnte ich diesen Holzköpfen, die sie nicht sehen können, nach Herzenslust das Geld aus der Tasche ziehen.
Lass ihn los!
Ugh!
WHACK
Was treibt ihr da? Ist ja unheimlich!
Fügt Umi nur einen Kratzer zu …
… und ich fresse euer aller Augäpfel!
Na schön. Ich erwarte zwar nicht allzu viel, aber ich habe bezahlt.
Probieren wir's mal aus.

SCHWUPP

Er ist einfach gestrickt. Das macht ihn so furchterregend.

KLAMMER

Wah!

Ah!

Was?

Hä ...?

FWUPP

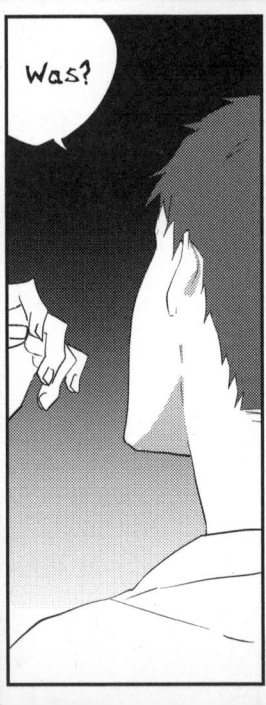

Was?

Ist es uns nicht vergönnt zu leben, nur weil wir Monster sind?

Ich will nicht zur Polizei! Ich will hierbleiben!

Warum ...?

Die Polizei wird uns zusammenschlagen!

Ich dachte, ich könnte überleben, wenn ich mache, was sie sagen ...

Ruf nicht die Polizei!

Halt dich gut fest, Umi.

TAPP

Wir wurden von vielen Leuten als Monster beschimpft ...

Falsch!

Aber wir sind Menschen!

... bis wir es irgendwann selbst geglaubt haben.

Im Gegenzug hätte ich gern die ein oder andere Information von euch.

Es gibt einen Ort, der mehr als genug Arbeit bietet.

Ich habe eine Idee.

Aber ... wo sollen wir denn jetzt hin?

Da macht euch mal keine Sorgen.

Wenn ihr mir die gebt, garantiere ich euch einen Ort, an dem ihr leben könnt.

Darf ich dich um etwas bitten?

Umi.

Mikagi möchte, dass Sie diese Männer hier als Haushaltshilfen einstellen.

Junge! Du bist unversehrt? Ein Glück!

Azuma-san!

Dabei hatte ich mir ernsthaft Sorgen gemacht!

Also wirklich! Dieser Mikagi ...

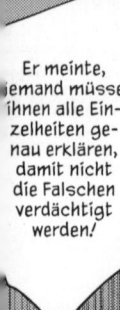

Er meinte, jemand müsse ihnen alle Einzelheiten genau erklären, damit nicht die Falschen verdächtigt werden!

Umi, ist schon gut. Beruhige dich.

Mikagi ist allein zur Polizeistation gegangen!

Was? Was sind das für Leute? Und wo ist Mikagi?

Bitte kümmern Sie sich um diese Männer.

Ich werde zur Polizeistation gehen.

KLAMMER

Was, wenn er auch verhaftet wird ...?

Aber Mikagi hat nicht nur Shoichi, sondern auch noch eine Menge anderer Männer verprügelt ...

Shoichi-sama hat jeden Besucher eine Namensliste unterzeichnen lassen.

Ja.

Sind die Informationen, die du Mikagi gegeben hast, korrekt?

Von nun an müsst ihr Shoichi nicht mehr mit »sama« ansprechen.

Ihr könnt jetzt selbst bestimmen, was ihr tun wollt.

Verstehe ...

Auf dieser Liste stehen auch jede Menge hochrangige Männer.

Esst euch satt, schlaft euch aus und arbeitet fleißig.

Wenn ihr mit Putzen fertig seid, gibt's Mittagessen.

Ja!

Mehr als einen oder zwei hätte ich nicht geschafft.

Der Arzt, den ihr gerufen habt, hat mich untersucht und bestätigt, dass meine Hand gebrochen ist.

Muskeln hab ich auch nicht. Wie soll ich allein so viele Leute verprügelt haben?

Wie oft soll ich das noch erklären?

Das heißt, Shoichis Männer wurden alle von einem Ayakashi erledigt?

Außerdem sollte im Moment die Tatsache relevanter sein, dass Shoichi ein illegales Etablissement betrieben und Leute entführt hat.

Wie erklärt ihr euch sonst, dass die bewusstlosen Gefolgsmänner keine äußeren Verletzungen haben?

Und das sollen wir dir glauben?

Wie sollen wir das machen?

Der Kerl hat den Verstand verloren ...

Wieso fragt ihr Shoichi nicht selbst?

Diesen Ayakashi-Besessenen!

Moment mal ... Das ist ja der Name des Ministers ...

Ich hab mir eine Seite geborgt.

Das ist die Liste seiner Geschäftspartner.

Shoichis Kunden mussten sich auf einer Liste eintragen.

Was ist das?

Ich lasse noch mehr Seiten von einem Ayakashi herbringen.

Ich habe auch Informationen von Zeugen.

SCHWEB

SCHWEB

Papier...? Es schwebt?

Es waren auch Männer in Polizeiuniform im Anwesen. Dort haben sie Männer vernascht und verprügelt, obwohl die sich nicht mal gewehrt haben.

Ich kann damit auch zu einer Flugblattdruckerei gehen.

Da stehen jede Menge Namen drauf.

Also, was werdet ihr nun unternehmen?

Was sagt man dazu? Ich hab sogar noch ein Taschengeld bekommen.

Das ist Schweigegeld.

Damit lade ich Umi und Azuma lecker zum Essen ein. Sie wird vermutlich sauer sein.

Ist das nicht der Beutel mit deinen Schätzen?

KLAMMER

Umi! Ich sagte doch, du sollst im Freudenhaus bleiben. Deine Füße sind verletzt.

Was redest du da für einen Unsinn? Für so eine Nichtigkeit darfst du deine Schätze nicht weggeben!

Damit wollte ich dich freikaufen, falls du verhaftet worden wärst ...

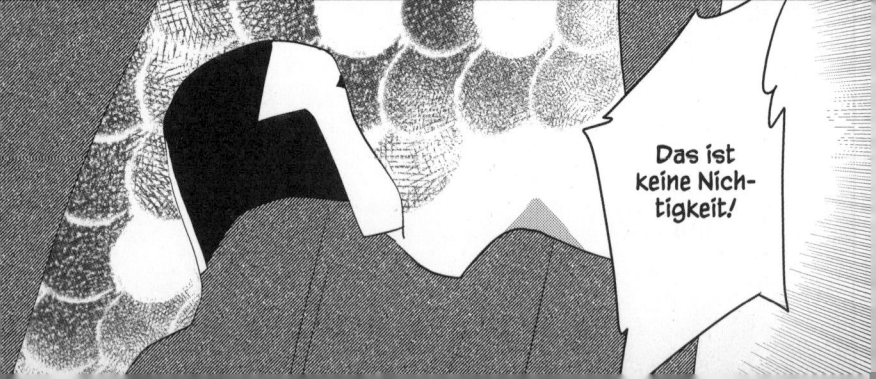

Das ist keine Nichtigkeit!

Naosuke hat sie mir gegeben, damit ich leben kann.

Ich will dich nicht verlieren, Mikagi!

Für mich bist du ... einer der Gründe, weiterzuleben.

KUSCHEL

wah!

Hach! Wenn wir nur nicht vor dieser spießigen Polizeistation stehen würden ...

SST

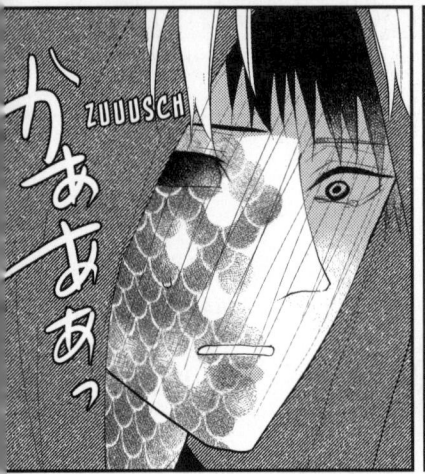

ZUUUSCH

... könnte ich dich jetzt umarmen ...

HAPPS

Urgh!

He! Solange ich lebe, wirst du ...

Ich dich auch, Umi.

Er sieht etwas zwielichtig aus, aber er ist ziemlich gut.

In das runtergekommene Haus am Strand ist doch ein Stechmaler eingezogen, stimmt's?

SCHAAA

Die Stechmalerei auf dem Rücken des Mannes, der bei ihm lebt, soll auch von ihm sein.

Ich muss sagen ...

Seine Tuschebilder sind so detailliert, als wären sie lebendig.

Sie ziehen einen in ihren Bann.

... sie ist so schön, als wäre sie nicht von dieser Welt.

Ende

Das wird er! Ich werde dem Kind nämlich einen Namen geben!

Wie bitte?!

Als ob Umi schwanger werden könnte!

Stimmt es, dass du ein Kind unter dem Herzen trägst?!

Umi!

STOMP

STOMP

Hör gut zu, Nishiki!

Ich bin männlich, genau wie du!

Ich kann keine Kinder gebären, egal wie lange du darauf wartest!

Sieh's endlich ein!

SCHAAA

... dass ich ihn ernst genommen hab ...

Meine Güte ...

Oh Mann. Nishiki hat das so selbstsicher gesagt ...

Veräppel ihn nicht so, Kuro.

Gib die Hoffnung nicht auf, Nishiki.

Ach, in der Natur kommt es vor, dass Männchen zu Weibchen werden.

Ja!

Ha ha ha ...

Wir sollten uns auch hinlegen.

Umi, Kuro und Nishiki schlafen.

ZZZ

ZZZ

ZZZ

Mikagi, wünschst du dir Kinder?

Un-sinn!

Selbst ich weiß, wie K... Kinder gemacht werden!

Sag bloß, du willst jetzt tatsächlich schwanger werden, nachdem Nishiki so einen Rummel gemacht hat?

Was denn, Umi?

Ich bin ein Mann und sowie-so nicht normal ...

Das meinte ich nicht.

Ich wollte wissen, ob du Vater werden willst.

Du liebst mich wirklich sehr, was?

KUSS

Du bist was Besonderes.

Du meinst, du seist nicht normal ... Da hast du wohl recht.

Wir beide können uns nicht fortpflanzen, das stimmt.

Mikagi ...

Was könnte ich mir mehr wünschen?

Ich hab diese Schönheit ganz allein für mich.

KÜSS

PACK

Mh!

! STUPS

Uwaaaaaah!

ZAPPEL

Ich will Umis Kind einen Namen geben!

Ich will mit ihm spielen!

Ich will ein großer Bruder sein!

ZAPPEL

ZAPPEL

Das ist ge-mei-hein!

Was?

Ehe-mann?

Aber wenn Nishiki es sich so sehr wünscht ...

... muss ich als Umis Ehemann ihm helfen.

Ob das Kind wohl lacht, wenn es mich so sieht?

Lasst bitte diese geschmacklosen Späße!

Nishiki, du siehst aus wie ein Fisch, der an Land gespül wurde und kurz vorm Abnippeln ist.

Halt den Ball flach, du verweichlichtes Mogel-Medium!

WATSCH

Dann muss ich wohl einfach nur ein wenig Geduld haben.

Was redest du wieder für Zeug?! A... Außerdem machen wir's doch eh jede Nacht!

Und deshalb sollten wir jede Nacht daran arbeiten, findest du nicht?

Umi?

DRÜCK

Ende

TOKYOPOP GmbH
Hamburg

TOKYOPOP
1. Auflage, 2024
Deutsche Ausgabe/German Edition
© TOKYOPOP GmbH, Hamburg 2024
Aus dem Japanischen von Diana Hesse

libre

Kanashiki Ningyo
© Hijiki 2021
Originally published in Japan in 2021 by Libre Inc.
Original cover design: Erika Araki (BALCOLONY.)

Redaktion: Katrin Aust
Lettering: Vibrant Publishing Studio
Herstellung: Annika Meyer-Wülfing, Shujun Wong
Druck und buchbinderische Verarbeitung:
CPI – Clausen & Bosse GmbH, Leck
Printed in Germany

Wir achten auf die Umwelt.
Dieses Produkt besteht aus FSC®-zertifizierten
und anderen kontrollierten Materialien.

ISBN 978-3-8420-9741-4